I0546973

DE L'AMOUR

DU TRAVAIL

EXEMPLES ET DISCOURS

PAR

FRANÇOIS BARETIER

DE CELLES (Deux-Sèvres).

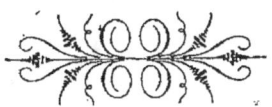

Niort, imp. Desprez, rue Saint-Jean, 40.
— 1868. —

MOYENS

D'acquérir une bonne Conduite, du Bonheur et de la Fortune.

RENCONTRES

*Qui ont eu lieu dans une Promenade tellement prolon-
gée qu'elle en est devenue un long Voyage.*

PERSONNAGES

*Faisant partie de cette Histoire, dont les noms seront
ci-après indiqués.*

CHAPITRE Ier.

Le père Jérôme est parti pour aller à la promenade, par une belle matinée du printemps, sous un beau ciel. Chemin faisant, il adorait la Providence, ce fut un plaisir pour lui et une grande satisfaction d'en voir les œuvres.

Il observait avec attention la prospérité des biens de la terre; Oh! quelle belle fortune que la Providence fait préparer à couvrir la terre; aussi disait-il, quel parfait contentement pour celui qui cultive, de voir maintenant ces charmantes propriétés couvertes d'une si belle récolte.

Le père Jérôme adressait ainsi des paroles de reconnaissance à la Providence pour tant de bienfaits, qui ne lui sont pas toujours reconnus, principalement quand ils tombent entre les mains des ingrats, qui ne veulent pas remercier leur bienfaiteur.

Mais Dieu a placé les hommes sur cette terre pour voir comme chacun se conduira, afin de les récompenser selon leur mérite; parceque devant la loi de Dieu rien n'est injuste, tout est régulièrement placé, perfectionné, ce que nous ne pouvons contester ni refuser de reconnaître; nous devons donc être justes nous-mêmes, lui obéir et suivre les bons exemples, afin de n'avoir à rougir devant Dieu et les honnêtes personnes.

Bien nous garder de tromper notre frère ni nuire à notre prochain, de nous préserver de tours de friponneries pour être exempts de tous reproches et nous rendre utiles à nos semblables, perfectionner notre conduite, rendre notre vie exemplaire devant Dieu et les hommes, comme toute personne honnête doit se garder de faire partie de mauvaises sociétés, garder le silence pour le maintien de la probité, pour le respect de notre intérieur et nous préserver de toute ambition concernant le bien d'autrui.

De nous contenter de ce qui nous appartient légitimement pour conserver notre tranquillité ; celui qui s'éloignera de la société des médisants n'aura pas à se reprocher d'être le porteur du trouble qui pourrait se passer, quelqu'un aurait l'intention de l'en accuser qu'il y aurait impossibilité, et de cette manière, vivre heureux et en paix.

CHAPITRE II.

Comme le père Jérôme est né dans le cercle de la bienfaisance, qu'il a toujours fait répandre des bienfaits parmi le peuple, il en a reçu des remerciements qui démontrent de grandes reconnaissances de la part d'un cultivateur qui lui a fait beaucoup d'honnêteté dans sa détresse passée.

Ah ! quel malheur, dans ce temps-là il était au désespoir, il avait laissé le bon chemin pour prendre le mauvais, abandonné l'habitude du travail qu'il avait perdue ; et tout aussitôt l'oisiveté, l'insouciance, la négligence se sont emparées de lui, par suite de fréquentation de mauvaises compagnies.

A l'époque où ces faits se sont passés, le père Jérôme habitait un hameau situé dans la commune de Saint-Marc-les Coteaux, et le jour qu'il poursuivait sa promenade, il rencontra le père Bertrand, qui lui témoigna son mécontentement sur la manière dont il se conduisait, et qui était cause de sa mauvaise position, et lui a demandé à s'entretenir avec lui à ce sujet.

Dans cet entretien, le père Bertrand s'est prononcé pour l'amour du prochain et a discuté la jalousie, et a engagé le père Jérôme à suivre le sentier qui conduit directement au travail et à la bienveillance, ce qu'il a fait.

C'est pourquoi tout est changé chez le père Jérôme qui est allé voir Bertrand pour le remercier, en lui disant: Je ne saurais pas trop vous louer des bons avis que vous m'avez donné et vous suis redevable de mille honnêtetés.

Le jour que je vous ai rencontré a été mon bonheur, vous avez changé ma position, de mauvaise qu'elle était elle est devenue bonne.

Par vos conseils salutaires vous êtes venu à mon secours et m'avez ouvert les yeux en me faisant laisser le mauvais chemin pour prendre le bon ; vous m'avez préservé de l'abîme qui se préparait pour m'engloutir, ce qui eut été bien funeste pour moi.

J'avais réellement perdu l'esprit pour m'être laissé influencer par mes voisins qui vivaient comme des seigneurs.

Je les trouvais heureux non pas moi, qu'il me fallait travailler pour vivre, mais j'ai été bientôt découragé, à l'instant même la fainéantise et la paresse sont venues m'accabler; j'étais donc bien tombé dans l'adversité avec les camarades de mon village, eux que je croyais riches parce que je n'avais pas encore découvert leurs véritables positions et leurs supercheries.

Peu de temps après, ils se sont trouvés très-pauvres de toutes les manières, ils ont même perdu l'honneur, par suite n'ont plus fait partie de la société des honnêtes gens, leur mauvaise conduite leur ayant attiré ce châtiment.

Que je suis à l'aise, ami Bertrand, que je m'estime heureux d'avoir su apprécier les avis et les explications que vous m'avez donnés afin de m'indiquer la route que j'avais à suivre et laisser celle que mes pauvres idées m'avaient déjà tracée, pour arriver au but que je suis maintenant.

Vous me dîtes bien que pour réparer mes fautes je devais abandonner, oublier les mauvais sentiers que j'avais que trop suivis, agir plus sagement pour avoir ma tranquilité, enfin améliorer ma position.

En effet, et aussitôt que j'ai eu commencé à mettre ce principe à exécution, je me suis senti le courage de reprendre la charrue, instrument précieux quand il est bien conditionné, perfectionné, ensuite j'ai repris successivement l'amour du travail.

Arrivé à ce résultat j'ai commencé à vivre économiquement, régulièrement et sous la crainte de Dieu, et, par le moyen de ces bonnes dispositions j'ai fait une famille de gens heureux, et en reconnaissance, nous prions Dieu pour notre bienfaiteur.

J'ai donc retourné dans mes foyers en mon état normal et je suis devenu le propriétaire de la maison paternelle, pour laquelle j'ai eu tant de peines et d'ennuis. Je possède aujourd'hui une petite fortune suffisante pour mon existence, en suivant mon nouveau régime de vie, parce qu'il n'y a plus chez moi d'ambition sans borne ni d'excès.

Le sieur Bertrand a répondu : je dois vous déclarer que je suis satisfait de vous entendre prononcer ces paroles; elles démontrent une bonne disposition pour l'amour du travail qui vous a conduit au chemin de la vertu, et vous y avez acquis de la prudence et de la modération, qui vous ont renfermé dans le cercle de la bienfaisance.

Par le moyen de ces bonnes qualités, vous vous êtes amassé sinon de grands biens, mais un trésor de gloire devant Dieu et devant les hommes, et par votre obéissance, votre patience pour vous corriger, la soumission vous a placé dans une direction qui vous a conduit dans une position modérée et vous a fait respecter, honorer de toutes les personnes honnêtes.

C'est pour avoir amélioré votre position que votre vie est deve-

nué exemplaire dans votre village qui a changé de nom immédia-
ment après votre rétablissement.

C'est la générosité qui vous a fait honorer et rendu digne de vous
placer au premier rang de votre pays que vous avez honoré, et
tous les pouvoirs vous ont été donnés pour terminer tranquillement et heureusement votre carrière.

Père Jérôme, mon ami, il nous faut partir, chacun de nous est
appelé à sa petite besogne et ses occupations, bonjour donc, mon
ami, je vous salue respectueusement et vous prie de vouloir bien
persévérer dans votre résolution.

Le sieur Bertrand se mit en route content et joyeux d'avoir
réussi, disait-il, à ramener cet homme égaré dans la bonne voie, il
m'a fait plaisir de s'être trouvé aussi docile, il servira d'exemple
et de guide dans son hameau, qui sera à jamais remarquable.

CHAPITRE III.

Le père Bertrand était en marche et très-occupé, quand un grand
bruit se fit entendre de loin, ce bruit produit par les voix d'une
société composée de jeunes gens, dont le hasard fit qu'il se trouva
à leur rencontre; ils chantaient, riaient et marchaient à grands pas.

Tous ces jeunes gens sont bien joyeux, dit-il, et au moment de
les joindre, il s'aperçut qu'ils se disposaient à garder le silence et
à s'éloigner pour se dispenser de lui parler.

Mais Bertrand alla au-devant d'eux avec un air bienveillant pour
leur adresser la parole et avoir un entretien, en leur disant, le
chapeau à la main : bonjour mes enfants, vous n'êtes pas malades,
sans doute, car vous êtes dans la joie et jouissez d'une bonne santé; les jeunes gens ont répondu qu'ils préféraient s'amuser et
chanter que de s'ennuyer.

Vous allez probablement au festin ou visiter quelqu'un de vos
parents? Non, nous n'avons pas cette intention, nous prenons notre
plaisir où bon nous semble et en liberté, quant à nos parents nous
ne voulons pas en entendre parler.

Jeunes gens, c'est un malheur pour vous, vous êtes tombés dans
l'obscurité, dans l'état le plus pénible pour vos parents et vous;
dans les intérêts de ceux-ci et dans les vôtres, je demanderais à
vous communiquer quelque chose, si toutefois, vous voulez bien
me l'accorder.

Ah! mes enfants, quand vous avez abandonné la maison paternelle vous avez alarmé vos pères et mères, vous les avez mis dans
une triste position, manqué à votre devoir en ne les prévenant pas
de votre départ, ils ont été frappés d'effroi et de douleur de se
voir abandonnés sans savoir pourquoi, et vous vous êtes attiré un
lourd fardeau dont vous ne connaissez pas le poids.

Ainsi donc vous avez violé la loi de Dieu, qui défend de man-
quer à ses père et mère; c'est douloureux, malheureux pour eux
de se trouver dans une position aussi fâcheuse qui peut les con-

duire au tombeau , ce qui vous laisserait une tache, un remords sur la conscience, et qu'à tout prix il faut éviter.

Les jeunes gens ont répondu avec colère : malgré tout ce que vous pourrez dire et faire, nous voulons disposer de notre temps à notre volonté, nous guider, nous conduire à notre guise.

Ce vieillard commence à nous ennuyer, nous troubler, voyageons donc et ne restons pas ici ; nous ne partirons pas, dirent quelques-uns, nous voulons entendre le discours de cet homme, pour savoir ce qu'il veut nous communiquer. Je crois et j'ai pensé, dit le père Bertrand, que c'est une faute qui a été commise sans réflexion et que votre départ a été occasionné par un coup de colère qui vous a introduit dans l'erreur.

C'est à cause de cela qu'il faut réparer cette faute sans retard, le moment est précieux, surtout par rapport à vos parents qui sont dans une grande inquiétude.

Maintenant, je vois que vous êtes comme de jeunes plantes qui ont été ébranlées par des tourbillons de vent, de tempête et d'orage et événements imprévus, et qu'à défaut d'être soutenues se sont penchées du mauvais côté.

Ah ! jeunes gens, vous avez pris la pente qui vous a paru la plus douce à suivre, la plus agréable à vos yeux, et là, vos faveurs ont été gagnées par l'influence qui vous aurait entraînés dans le précipice, où vous auriez reconnu votre malheur. Le chemin du vice paraît toujours fort agréable, et pour en finir, toujours épouvantable à suivre, et conduit dans les plus grandes afflictions ; c'est pourquoi je vous recommande expressément d'abandonner tous les chemins que vous avez suivis jusqu'aujourd'hui, pour pouvoir trouver celui de la vertu, qui vous paraît le plus difficile à prendre.

Mais une fois arrivés dans cette voie si précieuse, vous aurez bientôt aperçu, reconnu le bonheur qui se prépare pour toute votre vie.

Le chemin de la vertu n'offre aucune séduction, c'est pourquoi il vous a paru difficile à prendre, parce qu'il est sans déguisement, et si vous voulez le suivre, vous y trouverez le nécessaire pour la vie et serez à couvert du mal et vous donnera l'amour du travail, une bonne conduite, la sagesse et la prudence.

Mes amis approchez-vous et fréquentez l'honorable société qui vous fera oublier la mauvaise voie dans laquelle vous avez dirigé vos pas en partant de votre pays ; sans doute que c'est à votre premier point de départ que vous n'avez pas compris votre avenir, car vous l'avez compromis. Retournez dans vos foyers, vous réjouirez vos parents qui sont actuellement dans l'affliction, et ne les abandonnez plus, afin de leur servir de bâton de vieillesse.

Ah ! ne vous laissez pas séduire à l'horrible et dangereuse position dans laquelle vous êtes aujourd'hui, faites-y bien attention, car c'est déplorable de voir une si belle jeunesse laisser le bien pour prendre le mal. Quant à moi, je vous pardonne, parce que je vois que votre départ a eu lieu sans réflexion pour le présent ni l'avenir.

Commencez à renoncer aux entreprises que vous aviez projetées et oubliez tout ce que vous avez dit, car vous avez prononcé au commencement de notre entretien, des paroles qui ont beaucoup de rapport avec la débauche, l'ivrognerie, la gourmandise, la fainéantise, l'oisiveté, l'insouciance et la négligence, qui sont la base des vices et la racine de tous les maux.

Ayant atteint ce but précieux, vous serez à couvert, protégés, garantis de tous dangers parce que vous serez selon la loi de Dieu, qui vous donnera la force, le courage de l'amour du travail, qui conduit toujours à une vie honorable, parce que celui qui ne s'écarte pas de ces bonnes qualités jouit d'une grande fortune.

Que c'est beau pour un père et une mère d'entendre parler de son enfant avec louange, dire que c'est un homme de bonne conduite, un bon travailleur, un honnête homme, ne faisant de mal à personne, suivant son droit chemin; quelle brillante position pour celui qui l'occupe, de faire éclater la sagesse.

Appréciez ces paroles et gravez-les dans votre mémoire, qui est le seul moyen de ne pas les oublier, car ce n'est qu'en les pratiquant que les hommes se distinguent.

Retenez bien les leçons qui vous sont données ici, ce sont les seules qui peuvent vous rendre heureux, parce qu'elles vous feront honorer, respecter, si vous les suivez, de toutes les personnes dignes de foi.

Mes enfants, je vous l'ai dit, ne perdez pas de temps, n'hésitez pas, partez de suite, il y a urgence, portez la joie dans le cœur de vos parents qui se voient menacés par le malheur, vous ferez une belle œuvre et une bonne action.

Les jeunes gens ont répondu avec respect: Oui, père Bertrand, la douceur de vos paroles dans votre entretien, la manière de nous les expliqrer, nous démontrent le bonheur de notre vie, nous font voir le chemin que nous sommes disposés à suivre, par suite, retourner dans notre famille, car les faits que vous venez de nous mettre sous les yeux sont incontestables.

Nous vous présentons donc le bonjour, père Bertrand, mais avec joie, du bonheur que nous retrouvons dans vos sages exhortations; nous vous prions, en conséquence, de vouloir bien pardonner à des jeunes gens sans expérience.

Je ne pense plus au refus que vous m'avez fait dans ce moment là, j'étais armé de courage et je n'ai pas reculé, au contraire j'ai persisté et je suis satisfait de vous avoir fait comprendre vos intérêts; c'est une leçon qui vous profitera si vous ne l'oubliez pas. Bonjour, mes enfants.

Le père Bertrand est parti en parlant ainsi: Je viens de faire comme le bon berger, après avoir rencontré un troupeau égaré, j'ai su le ramener ; il m'a fallu combattre longtemps les ennemis de la vertu, mais enfin je suis vainqueur et maître du champ de bataille.

CHAPÍTRE IV.

Le père Jérôme qui avait parti de sa maison dès le matin pour aller à la promenade et que l'effet des rencontres ont prolongée et procuré beaucoup d'occupations pour le distraire.

C'est de lui comme de l'homme que l'amour du travail conduit et se plaît à l'occupation, le temps s'écoule, semble qu'un moment, comme cela est arrivé au père Jérôme, parce qu'il a persisté dans sa résolution de poursuivre sa conversation sur la morale, et la journée s'est passée et la nuit approchée.

Toutes ces rencontres lui ont donné beaucoup de besogne embarrassante, parce qu'il a fallu prendre fait et cause pour plusieurs choses, qui ont occasionné beaucoup d'explications.

Fatigué, éloigné de chez lui, il va chercher un logement pour passer la nuit, la faiblesse vient s'emparer de lui, faute de nourriture, n'ayant rien pris de toute la journée; apercevant un chemin formant une allée, il s'y dirige, pensant qu'il arrivera à quelque localité et se met à le parcourir, ce qui le fatigue beaucoup, car ce chemin va toujours en montant jusqu'au sommet d'une montagne.

Lorsque le père Jérôme y fut arrivé il jouit d'un beau point de vue, car il voyait dans le lointain ; malgré cela, il avait un peu d'inquiétude, quand une belle localité se montre à ses yeux, ce qui lui cause de la joie sur le moment; ce n'était pas facile pour lui de distinguer les objets, ayant la vue éblouie; il se dit, c'est surprenant, ne suis-je plus sur la terre, je me trouve donc dans un autre monde, ou bien j'ai perdu la vue ou la tête, je n'y comprends plus rien.

Je ne sais si c'est un château ou un palais habité par un prince pour y passer quelque temps, enfin étant arrivé à cette habitation, il voit des routes magnifiques qui en font le tour, des sentiers et des parterres d'une beauté admirable.

Mais comme le sieur Jérôme avait besoin de se reposer, il frappa à la grande porte, et aussitôt elle fut ouverte par une grande dame, qui lui dit : que demandez-vous? qui êtes-vous? Jérôme répondit : (bonjour, madame) pardonnez-moi, je vous prie, la liberté que je prends en venant frapper à votre porte pour vous demander l'hospitalité, si vous voulez me l'acorder. Cette dame lui redemanda d'un air vif et prompt, qui êtes-vous? je suis Jérôme, j'ai été surpris par la nuit, par suite des occupations de la journée, et je vous serais reconnaissant de vouloir bien me loger cette nuit.

Je vous connais, vous êtes un homme dévoué pour le bien, entrez vous reposer, et quand vous aurez repris du repos, je vous ferai voir beaucoup de choses et vous ferai des explications concernant cette précieuse habitation, je vous ferai voir et comprendre quelques-unes de ces dépendancés et les points de départ, le logement de plusieurs personnages avec lesquels vous avez eu des relations, et que vous avez employés pour combattre le mal autant que possible; pour cela vous vous êtes appuyé sur la bonne conduite, la prudence, la sagesse, l'humanité, l'amour du travail et la bienveillance, que vous connaissez pour vos guides.

Eh bien, toute cette société est logée ici; premièrement voyez le plus élevé où est placé celui qui gouverne tout, reçoit tous les les bienfaits du monde; voici la rose des vents, placée sous la direction de la prudence qui tient et gouverne tout.

Et moi, voici où je suis placée sous la direction, la surveillance, la protection de cette honorable, respectable et merveilleuse providence, de celle que j'ai reçu tous les pouvoirs de répandre les bienfaits.

Votre nom, madame, vous ne le prononcez pas? Moi je suis la mère de la bienfaisance qui vous a toujours accompagnée, père Jérôme.

Comme je me plais beaucoup dans la compagnie des personnes dévouées pour le bien, c'est pourquoi je veux vous faire voir bien des choses; voyez le logement de la famille qui vous a accompagné, voyez le commencement de toutes ces belles routes et leurs points de départ, ces précieuses voies qui se détachent de ce lieu, pour aller parcourir le globe terrestre, les sentiers de la vertu, où sont logés ceux qui travaillent pour créer le bien, parce que c'est ici la création des bienfaits de la vie.

Toutes ces voies vont se prolonger; s'étendre aux quatre coins de l'univers, pour se mettre en présence de tout le monde, recevoir ceux qui auront la bonne volonté de prendre les chemins qui conduisent directement à la bienfaisance.

C'est ici qu'on a créé les bonnes voies pour communiquer dans tout l'univers; ici à côté dans ce lieu précieux est placé notre mouvement perpétuel qui marche nuit et jour, en activité de service régulier. — Pourquoi j'ai méprisé et méprise les fainéants, les paresseux, qui manquent d'exactitude, puisque nécessairement il faut être exact pour conserver la régularité de notre emploi, ménager, mesurer notre temps afin d'arriver directement à notre mouvement perpétuel, qui conduit et gouverne tout, les productions de la terre, de la mer et leurs mouvements, et les saisons, pour ensemencer et récolter.

D'après cela, il faut premièrement à la terre, la préparation pour lui servir de purification, et l'emblaver, ensuite la maturité.

Et pour régler toutes ces choses, il y a tout à croire qu'il faut la conservation d'une régularité bien exacte, pour obéir à la Providence qui commande toujours la bienfaisance.

Père Jérôme, n'oubliez pas ce que vous voyez et entendez parce que vous savez que j'ai toujours méprisé les fainéants, les insouciants ainsi que les ivrognes qui sont insupportables, qui par suite font des hommes de mauvaise foi et capables de tromper leur prochain qui comme eux cherche, à professer la friponnerie, la fainéantise, la gourmandise qui en font des hommes dangereux; les écornifleurs qui cherchent à manger aux dépens d'autrui, ne sont point reçus dans cette société.

C'est pourquoi j'ai toujours repoussé toute chose injuste; toutes les observations que je fais ici sont pour maintenir le bien et reconnaître le bienfaiteur, prendre le niveau des reconnaissances qui lui sont dues, car un bienfait n'est jamais perdu.

On viendra peut-être nous dire, que les bienfaits ne sont perdus que lorsqu'ils sont mal placés; nous répondrons bien vite, la bienveillance dit, faites toujours le bien, et ne soupçonnez pas la récompense.

Que celui à qui vous faites du bien soit ingrat, je suppose, qu'il ne vous en tienne pas compte, que vous ne soyez payé que d'ingratitude de sa part, ne vous en affligez pas, parce que votre affliction deviendrait déshonneur pour vous, attendu que ce serait regretter vos bienfaits.

Faites le contraire pour votre honneur, soyez joyeux, ce sera plus glorieux pour vous devant vos semblables, et de plus il vous en sera rendu compte.

Vous savez que le bienfait est toujours recommandé parce qu'il honore son auteur, vous savez aussi que le mal est défendu parce qu'il fait des victimes et déplaît aux honnêtes personnes, et fait horreur à l'humanité.

C'est pourquoi Dieu nous rappelle toujours au bien, car le mal est dangereux à faire condamner, que peut-être avec l'audace, le vice conduirait à l'extrémité la plus déplorable, au point de tomber dans l'adversité, dans les précipices les plus affreux qui conduiraient à la désolation.

Heureux celui qui aura suivi la bonne direction, qui suivra la bonne voie, parce qu'il fera disparaître le mal et fera éclater la bonne conduite.

CHAPITRE V.

C'est comme notre belle jeunesse d'aujourd'hui, si gentille, si instruite pour son âge, qui aura conservé l'habitude de la soumission envers leur père et mère, resté en la maison paternelle, deviendra sage et honnête à ses parents.

Et le discours suivant a été prononcé par le père Jérôme:

Mes enfants, gardez-vous bien de la désobéissance et de la vie déréglée qui conduit au précipice, au contraire cherchez toujours le sentier de la vertu, suivez les bonnes voies par lesquelles vous arrivez au bien, soyez soumis à votre père, qui désire que Dieu vous protège.

Conservez l'amour du travail, réunissez l'obéissance du fils au père, du domestique au maître, avec ces qualités, vous serez honorés et respectés de la société.

Dans cette disposition, votre conduite sera un trésor pour votre père, faites votre devoir envers lui, il fera pour vous tout ce qui sera en son pouvoir pour vous plaire ; l'accord entre le père et le fils, c'est la fortune de la maison.

Vous devez conserver la maison de votre père dans sa prospérité, ce qui est dans vos intérêts ; versez-vous aux occupations de l'exploitation, travaillez toujours avec patience, parlez avec douceur, n'agissez jamais avec colère, respectez les vieillards, fortifiez-les dans leurs faiblesses, assistez-les dans leurs besoins, consolez-les dans leurs tristesses, soulagez-les dans leurs misères, traitez-les avec humanité ; ayez de la prévoyance, ne répétez point les paroles qui pourraient s'échapper de la bouche de vos pères et mères, qui vous paraîtraient désagréable, de peur de les blesser, parce qu'elles peuvent être produites par quelques indispositions. C'est le chemin que vous avez à prendre, et qui vous conduira à la récompense qui vous attend et que vous recevrez un jour de vos descendants, c'est la loi de Dieu.

Jeunes gens, qui êtes pour vous louer comme domestiques, respectez vos maîtres, placez-vous sous leurs commandements, soyez exacts aux travaux de la journée, faites toujours votre devoir pour accomplir les désirs de l'honorable société, qui fera valoir vos mérites et beaucoup de louanges de vous. Quant à vos maîtres dès aussitôt qu'ils connaîtront votre conduite, ils agiront ainsi, pour vous conserver dans leurs maisons, d'ailleurs c'est un honneur pour vous d'être bien vu des personnes respectables ; quand on vous verra passer, qu'on demandera quel est cet homme, que l'on répondra, c'est un serviteur d'une très-bonne conduite, il y a plus de dix ans qu'il est dans la même maison ; croyez bien que c'est très-avantageux d'entendre parler de soi de cette manière.

En effet, supposons que la position de votre maître vienne à changer, que vous soyez obligés d'en chercher un autre, votre conduite étant bonne, il en viendra dix contre un pour vous louer.

Vous voyez donc qu'il y a avantage d'avoir l'amour du travail et de l'obéissance, qui conduit au sentier de la vertu ; c'est pourquoi je vous ai dit que les personnes de bien sont honorées par toutes celles dignes de foi et respectables ; aussi les vicieux sont méprisés et n'ont aucune communication dans cette localité ; sauf un cas que je veux vous expliquer, et vous faire une supposition sur une jeune plante. Parlez madame, dit le père Jérôme, c'est toujours un bonheur pour les honnêtes gens de vous entendre.

Ah ! père Jérôme, je vous le dis comme à toutes les personnes qui ont sous les yeux la bienveillance, qui peuvent m'entendre et me trouver dans toutes les parties du monde, aux quatre coins de l'univers.

Maintenant, je veux bien pardonner à la jeune plante qui aurait été séparée de son tuteur par quelques grands orages qui l'auraient détournée de la bonne voie, pour la conduire dans les mauvais chemins, et en montant en âge, lui aurait fait comprendre l'avantage de venir prendre le sentier de la vertu, pour se placer dans le cercle de la bienfaisance ; en conséquence je veux pardonner à l'enfance qui est encore dans l'innocence et la placer au premier rang, pour lui faire comprendre et reconnaître ses bienfaits ; d'avoir reconnu par le moyen de la patience, la vertu de sa bonne conduite, et son erreur de jeunesse, d'avoir eu l'obéissance pour revenir sur la bonne voie.

C'est pourquoi j'estime la vie régulière et honnête et que j'ai méprisé la mauvaise, méprise aussi ceux qui scandalisent, injurient, et calomnient leur prochain sans motifs.

Ce sont des êtres qui ne veulent pas faire de bienfaits, au contraire ils sont sortis détournés de la bonne direction, puisqu'ils manquent de respect à l'honorable société, parce que les médisants la méprisent et ne veulent partie ; madame parle encore mais en pleurs des blessures de la bonne mère nourricière, dont les plaintes sont montées au plus haut degré.

C'est comme dans la contrée d'un pays de fainéants qui ont méprisé la terre, cette mère si admirable, en l'accusant de stérilité, ne produisant pas de bonne récoltes, parce qu'ils voudraient vivre sans travailler et médisent par ces motifs.

D'après cela on ne doit pas être surpris que je déteste la fainéantise, la médisance, que je place au rang des vices, car la médisance est une des premières racines des maux qui ont blessé la bonne mère, jusqu'au point de scandaliser la providence.

Et elle a prononcé le discours suivant :

Habitants de ce pays, quittez donc l'esclavage, sortez de l'obscurité et mettez-vous à la lumière pour reconnaître les bienfaits de celle que vous avez scandalisée, calomniée ; commencez donc par changer vos manières de voir et de faire, votre régime de vie et de conduite, comprenez donc l'avantage que vous avez d'en agir ainsi et à recevoir de bons conseils qui vous conduiront dans le bon chemin et à l'amour du travail, à la bienveillance qui vous dirigera du côté des bienfaits.

Comprenez donc que l'oisiveté, la fainéantise, l'insouciance, la négligence sont les racines de la misère.

Voyez ici dans cette grande localité, mal administrée, chez le père Sans-Chagrin, à peine peut-il vivre avec sa grande propriété, mal cultivée, ayant une pleine maison de domestiques mal commandés ou mal conduits, fort souvent occupés à chanter, à danser, à passer les nuits, à brûler le bois et la chandelle par les deux bouts ; le matin le jour vient. ensuite le soleil se lève, et une heure et même deux heures après, le père Sans-Chagrin est encore dans son lit et ses serviteurs aussi.

Les pauvres animaux qui sont à l'étable, fatigués d'impatience d'attendre leur déjeuner qui ne vient pas vite, écoutent et regardent tristement leurs crèche et ratelier dans lesquels il n'y a rien à manger, en attendant les fainéants qui doivent leur en donner.

A l'heure que les domestiques se lèvent, ils s'en vont tout doucement en passant leurs doigts sur leurs yeux qui ne sont pas encore ouverts, qui se trouvent surpris et frappés par l'éclat du soleil qui les éblouit, ce qui fait qu'à cette heure, ils ne voient pas plus des yeux que des paupières; ils donnent donc à manger au malheureux bétail au moment d'aller au champ, faire marcher la charrue, instrument précieux quand il est bien conditionné.

Mais le père Sans-Chagrin perfectionne l'insouciance, chante et danse dans sa maison, les mauvaises herbes, les ronces et les épines croissent avec force et se multiplient très-bien dans ses champs.

Il reçoit une nouvelle qui lui dit: On parle de vous près d'ici, il y a une société dans laquelle se trouve une charmante dame qui raconte beaucoup de choses qui font venir les larmes aux yeux. Le père Sans-Chagrin part à l'instant même, en disant : Je les aborderai avec respect et confiance; il se présente donc devant l'honorable société en faisant connaître ses intentions, qui ont occasionné le discours suivant :

C'est avec respect que je viens vous souhaiter le bonjour, vous offrir mes services et vous rendre les honneurs qui sont dus; si vous acceptez ce sera pour moi une grande satisfaction, parce que j'ai invité plusieurs de mes amis à un repas que je donne aujourd'hui dans la soirée, et la récréation sera suivie et prolongée par un grand bal qui aura lieu; ne me refusez donc pas, je vous prie, je désire beaucoup vous voir venir prendre place à mon banquet.

Madame répond aux offres qui sont faites à la société : Monsieur, nous vous remercions infiniment de l'honneur que vous nous faites, il y a impossibilité pour nous d'accepter votre invitation pour aujourd'hui, mais nous reviendrons après-demain, vous aurez la tête reposée, nous serons encore visibles pour vous donner de nouvelles idées si c'est possible.

Comme c'est l'ordinaire, que le temps se passe, le moment arrive de se mettre en présence; voici donc Madame qui entre en conversation en disant au père Sans-Chagrin: Monsieur, nous voulons bien vous accorder un moment pour vous faire une explication qui sera dans vos propres intérêts, je l'espère, pour l'avenir.

Je vais donc entrer chez vous aujourd'hui; ce qui donna de l'inquiétude au père Sans-Chagrin, par rapport au mot (avenir), le trouble l'agite et lui donne une grande occupation, le mot (espère), lui fatigue l'esprit et le fait penser, parce qu'il n'en connaît pas la signification, et pour se tranquilliser demande un entretien avec Madame qui lui répond : je ne demande pas mieux.

Comme je dois vous faire une observation avantageuse, pour

vous faire envisager votre avenir, pour vous préserver du mal qui vous poursuit ; que je dois aussi vous expliquer dans votre langage le résultat de toutes ces choses pour vous tranquilliser, parce que vous ne connaissez pas ma langue, vous ne comprenez pas mes paroles, il faut bien prendre toutes les précautions possibles pour vous les faire comprendre, afin de vous ramener dans la bonne voie.

Si vous connaissiez le danger, vous laisseriez le chemin que vous suivez aujourd'hui, vous conduira-t-il pas dans l'abîme, ne le maudirez-vous pas ce chemin de perdition ; comprenez-vous bien votre position et vos manières de faire, où tout cela peut vous conduire un jour.

Le père Sans-Chagrin reste muet en s'apercevant de toutes les bonnes qualités de cette dame, sans doute qu'il en est intimidé, frappé d'effroi, de douleur et d'étonnement ; ce sont les explications qui lui sont faites qui lui rappellent le temps passé et beaucoup de choses concernant sa position, d'après réflexions faites et l'examen de sa conscience.

Comprenez-vous aujourd'hui les observations qui ont été faites, pour changer tout chez vous, si c'est possible, pour faire disparaître le mal qui s'y est si dangereusement invétéré, et pour faire renaître le bien, enfin pour vous faire prendre les voies de notre localité, pour faire partie de notre société qui est renfermée dans le cercle de la bienfaisance.

Oui, Madame, j'apprécie, je comprends, j'accepte les offres de bienfaits que vous me faites, je les reçois avec honneur et plaisir ; c'est vrai que j'avais été affaibli par quelques surprises, mais je suis rassuré, j'ai examiné toutes choses proposées pour le bien, j'ai compris que j'étais dans l'erreur de m'alarmer des bienfaits que vous m'avez procurés, c'est la prononciation du mot (avenir) qui m'avait blessé, affligé, mais aujourd'hui j'en suis consolé et je suis joyeux.

J'ai bien de la peine, dit Madame, à parvenir à faire disparaître le mal et faire oublier l'insouciance et la négligence, j'ai donc réussi à mettre le père Sans-Chagrin en présence de l'amour du travail et de la bienveillance.

C'est donc aujourd'hui qu'il faut tout changer chez vous, pour commencer un nouveau régime, une nouvelle administration, vous savez bien que vous avez donné votre parole d'honneur de vous faire promptement laboureur, pour parvenir et acquérir le nom et la profession de bon cultivateur.

Vous devez donc commencer par vous lever de grand matin, pour placer et commander tous vos serviteurs à la besogne et chacun à leurs places pour vous préserver de fausses manœuvres qui portent toujours préjudice.

Si vous voulez vous faire obéir, commandez avec douceur, parlez respectueusement, parce que les personnes qui sont à votre service méritent le respect dans leurs fonctions, comme vous dans les vôtres, mais, ils vous le doivent de droit comme étant leur maître, mais dans le vrai sens de la raison, on doit le respect à tout le monde ; respectez si vous voulez l'être, et si vous ne l'êtes pas ce ne sera que par des gens qui n'ont pas lumière.

Quoique vous soyez quelquefois en position de recevoir des injures, ne vous détournez pas de la ligne directe, parce que vous devez commander avec attention et modération, et n'oubliez pas que vous devez avoir sous les yeux l'exactitude et la prévoyance, et par le moyen de cette précaution vous deviendrez promptement bon maître et vos serviteurs seront exacts à leurs travaux et fidèles dans votre maison.

Voyez comme c'est un bonheur pour eux et pour vous de leur faire embrasser l'amour du travail qui conduit au bienfait et qui maintient la tranquillité ; Madame, votre dévoué est disposé à vous obéir avec la plus grande sincérité, je veux graver dans ma mémoire votre nom, pour maintenir la conduite que vous enseignez; je veux exactement suivre le chemin que vous m'avez indiqué et recommandé.

Madame est satisfaite d'avoir mis le père Sans-Chagrin dans une si bonne disposition, le moment de changer est arrivé, dit-il, je pars donc avec mes domestiques pour conduire la charrue, nous arrivons dans le grand clos, les épines, les ronces et les mauvaises herbes sont alarmées, notre courage est tellement excité que nous sommes sans pitié, comme les soldats au combat; nous nous sommes immédiatement disposés à leur faire la guerre, je prends la charrue pour labourer mon champ et les pioches que je fais suivre derrière coupent tout ce que le versoir laisse, la terre est remuée, les racines sont détruites; d'après cette bonne façon, le temps étant favorable, nous avons commencé de suite à faire des brûlots en amassant les racines des herbes, des ronces, des épines et les gazons en les mettant à gros tas, y laissant une petite ouverture pour mettre le feu, qui va communiquer dans l'intérieur, et aussitôt qu'il est bien allumé, on bouche de suite l'ouverture et couvre le tas entièrement de terre fine, et on en commence un autre.

Je commence donc par placer une bonne poignée de paille ou de broutilles, et je maçonne tout autour avec précaution pour ne pas trop la saisir parmi les gazons, pour faciliter le feu, et je continue jusqu'à ce qu'il soit terminé. Au moment où je le juge convenable, j'allume le feu et bouche bien la petite ouverture et couvre le tout de terre fine, et ainsi de suite jusqu'à ce que le tout soit fait et toujours en surveillant les premiers faits, pour voir si le feu continue bien et y porter les soins voulus; quand nous avons fini nos brûlots dans un morceau de terre, nous allons bien vite dans un autre.

Et du moment que tout est fini de brûler que le feu est éteint, nous allons éteindre nos brûlots sur toute la surface de la terre, et mettre immédiatement la charrue; nous donnons une bonne façon de labourage qui renferme la cendre parmi la terre, la rend légère et fertile, au point de recevoir toute espèce de semence, et n'importe quelle plante qu'on lui donne elle produira comme on doit le désirer.

D'après les brûlots, il ne reste plus d'herbe ni racine et même aucun insecte, tout est entièrement détruit, les vers rongeurs sont étouffés, brûlés, ils ont tous disparu; voici donc mon morceau de terre en bon guéret et propre comme le jardin le mieux cultivé, très-bien péparé en attente d'être emblavé; le temps ordinaire de semer le blé arrive, mais moi je recule un peu pour semer plus tard; aussitôt que le moment que je juge favorable est arrivé, j'ensemence mon champ, partie en orge et en froment, je fume pas fort et sème tard; ce qui fait que mon blé ne paraît pas en hiver; c'est la manière de voir l'explication du Bon Cultivateur qui dit : que la récolte ne te fera pas de joie deux fois dans l'année.

C'est pourquoi je préfère, suivant les terres, et d'après examen, semer un peu tard, pour mettre mon blé en position de conserver sa force pour le printemps; de cette manière, il ne s'épuise point; puis quand quelques jours de beau temps se sont écoulés, on fait passer les moutons dedans, pour le retenir un peu; et lorsqu'il est à demi-monté, même quelques jours avant que l'épi ne soit formé, on lui rogne les feuilles pour le retenir encore, et au moment de la moisson mon blé se trouve d'une beauté parfaite et donne du grain en abondance, tout autant que l'on peut le désirer.

Dans le temps de la grande prospérité de mon blé, j'allais le voir fort souvent, je lui rendais des visites pour lui porter secours, je le regardais avec admiration, le voyais avec grand plaisir, il profitait à vue d'œil, j'écoutais avec attention, lorsque je fus surpris d'entendre murmurer quelques paroles, mais je ne pouvais pas savoir d'où elles venaient ni même qui pouvait les prononcer; mais avec patience j'ai apprécié que c'était des paroles d'estime et de reconnaissance, c'était raisonner en plaignant la vie de ses auteurs et en louant la sienne, en disant :

Que je suis heureux de passer une vie si paisible et tranquille, je ne vois rien de redoutable, je suis seul ici, je n'ai point d'ennemi à combattre, pour leur faire la guerre.

Quel changement depuis le règne de mes parents, mes auteurs, qui étaient dans ce pays comme moi; il y a une très-grande différence, je passe ma vie dans la plus grande gaîté, et mes pauvres parents qui ont été si malheureux, dans les plus grandes inquiétudes, dans la crainte de leurs ennemis qui leur faisaient toujours la guerre. ils ont donc terminé leur vie en combattant.

Le nombre de leurs ennemis était si grand, qu'ils étaient forcés de succomber, et le petit nombre d'entre eux, qui échappaient à la mort, étaient mêlés à des corps étrangers qui leur ôtaient les qualités de la perfection, et impropres à la production; toutes les mauvaises herbes qui couvraient les terres du père Sans-Chagrin sont détruites, depuis le nouveau régime, dit mon blé, et se flatte d'être placé dans les terres les mieux cultivées de la contrée.

J'ai donc mis toutes mes terres en très-bon état, par le moyen d'une nouvelle culture, nous cultivons plus de terrain et fatiguons moins, je récolte plus de paille et de grain aujourd'hui, dans un hectare, que dans dix, dans le temps de ma folie.

Par suite de cela, j'ai été obligé de faire agrandir chez moi, pour pouvoir loger mes récoltes.

J'ai commencé par ma cour, en l'aplanissant convenablement pour passer à pied sec et passer avec une charette aisément, j'ai nettoyé, replacé, tout retouché en général; c'est comme mon pauvre fumier qui était sous la protection d'une poule qui l'avait en garde et le plaçait très-bien aux quatre coins de la cour; le soleil venait ensuite brûler le reste, le sécher comme de la vraie paille.

Comme le temps n'est pas toujours le même, qu'il donne aujourd'hui de la pluie, demain le soleil reparaît, les eaux pluviales formaient un ruisseau dans la cour, et entraînaient le fumier dans le chemin qui était perdu.

J'ai donc préparé et fait une place pour mettre mon fumier dans un endroit convenable, pour le préserver du soleil et des eaux pluviales, et fait une bonne chaussée en terre autour du fumier, afin de contenir le liquide, puis une bonne palissade pour le défendre contre les poules.

Lorsque mon fumier a été à certaine hauteur, j'ai aperçu le liquide qui coulait dans la cour, alors j'ai fait une petite rigole faisant le tour du fumier, sauf le passage, assez profonde pour puiser de temps à autre, le liquide qui vient s'y reposer.

Je puise donc les égouts de mon fumier, que je retourne par-dessus, qui l'engraissent de nouveau; la saison arrive de transporter le fumier dans les champs, je commence premièrement par enlever la terre qui en fait le tour, et que le liquide a engraissé, et la transporte dans les champs et dans les terres les plus maigres; cette terre fait une augmentation et produit une amélioration.

Ensuite j'enlève le fumier qui se trouve bien frais, gras et bien préparé, par le moyen d'une charrette je le fais transporter dans les champs et une charrue pour le couvrir immédiatement pour le défendre du soleil qui l'affaiblit et lui enlève sa bonté.

Voici la manière de cultiver, de soigner mes terres et mon fumier, et j'en suis satisfait car je n'avais pas encore préparé la moitié de mon terrain d'après mon nouveau système de culture, quand il me fallut agrandir ma cour pour placer toutes mes gerbes, et aussitôt que je me suis aperçu et que j'ai eu connaissance de la réussite de ma nouvelle méthode, je me suis promptement disposé à diriger un petit travail, pour faire de petits chemins pour recevoir les eaux pluviales, et les conduire dans mes prés tout autant que possible, et la suite en est parfaite.

J'ai encore fait un autre travail, j'avais de vieux prés, qui ne valaient plus rien pour la production, je n'y faisais plus récolte, j'ai commencé à transporter du fumier bien préparé, que j'ai fait étendre comme dans les champs et fait placer les morceaux qui s'étaient échappés de la pioche, et les pluies ont arrangé le reste.

J'ai fait ce travail le 15 novembre, et le 30 janvier, j'ai fait passer le rateau pour nettoyer les prés, faciliter les fauches et tranquilliser les faucheurs pour la conservation de leurs faux, qui fort souvent les occupent autant que leur besogne, mais dans les prés bien nettoyés on fauche toujours hardiment, c'est pourquoi je fais attention à ce qu'ils le soient exactement tous les ans à la fin de janvier.

Mais je dois dire à mes lecteurs que j'avais préparé à l'avance, un tas de fumier entremêlé de bonne terre, que j'avais raclée, amassée avec le fumier, dans un endroit bien caché pour le préserver de la lumière ou des rayons du soleil, qui fort souvent, faute de précaution, viennent brûler le fumier et la terre et leur enlèvent leurs bonnes qualités. Je dis donc, que tout bon cultivateur doit ménager et agir envers son fumier, comme il doit le faire pour son blé dans son grenier.

Moi par suite de mon exactitude et de mon travail, je récolte dans mes prés, et proportionnellement à leurs contenances, autant de foin qu'on peut le désirer ; car tout homme de bien doit être satisfait quand il arrive à la borne de la raison.

Pour moi, je suis au comble, puisqu'il m'a fallu refaire ma grange qui est trois fois plus grande que l'ancienne, encore ne suffit-elle pas pour pouvoir mettre tout à couvert. J'ai beaucoup plus de bétail qu'ordinairement, j'ai du foin et de la paille en quantité, malgré la grande consommation j'en ai toujours de reste. Mes écuries d'aujourd'hui sont plus apparentes que ma maison ne l'était autrefois et je suis logé comme un seigneur.

En faisant toutes ces manœuvres, transporter de droite et gauche, après toutes les constructions que j'ai fait faire, j'ai encore payé mes dettes, avec l'exactitude et l'amour du travail que j'ai constamment employés. Je fais de bonne récolte et ai toujours quelque chose à vendre en quantité en toutes saisons, sans dégarnir définitivement mes greniers.

J'ai compris que le fort propriétaire et le grand cultivateur qui font de bonnes récoltes, que c'est une bonne précaution de vendre dans tout le courant de l'année, parce qu'il faut prévoir qui ne récolte pas et qui n'est pas riche, n'a pas toujours d'argent pour acheter tout d'un coup le blé qu'il lui faut pour son année, et est souvent obligé d'attendre le salaire de plusieurs journées de travail pour faire l'acquisition d'un hectolitre de blé; alors pour qu'il y ait des acheteurs, il faut nécessairement des vendeurs.

Par le moyen de mes grandes récoltes, je nourris mon bétail de manière qu'il soit en bon état; quand je le vends, je reçois de l'argent à pleines mains.

Comme l'homme propose et que Dieu dispose, on ne fait pas toujours ce que l'on veut, quant à moi, je veux tout autant que possible éviter le mal et faire le bien.

C'est comme dit Madame, nous ne recommandons pas l'impossible, mais nous voulons faire reconnaître les vertus de l'exactitude et de la prévoyance qui sont les racines de l'amour du travail qui est en guerre nuit et jour avec la négligence et l'insouciance; ce sont des dominateurs qui ne sont jamais d'accord, chacun veut soutenir son parti, un conduit au mal, l'autre au bien, le parti de l'insouciance c'est le chemin du malheur, et celui de l'amour du travail est le chemin du bonheur, de l'honneur et de la tranquillité; c'est sous ce rapport que Madame recommande toujours ce dernier; l'exactitude ayant fait une si longue guerre à la négligence, qu'elle a été forcée de se retirer de chez moi, et a signé la paix, et la première triomphe en ma maison aujourd'hui.

Dans le temps que j'étais dans l'esclavage, je ne connaissais plus la lumière, elle était pour moi une étrangère, étant tombé totalement dans l'obscurité, encore je ne m'en doutais pas, et loin de connaître ma position.

J'ai été bien faible, bien malade, et pauvre, et je me croyais bien fort, bien portant et riche.

L'insouciance est une pauvre vie qui ne peut se prolonger longtemps, qui arrive promptement à quelque changement; mais Dieu merci, le bonheur a voulu que les combattants pour le bien soient vainqueurs en mon pays, où ils ont déposé un souvenir.

Dans le temps de ma détresse, j'avais tout négligé, jusqu'à mes pauvres propriétés, que j'avais privées de mes visites et qui étaient menacées de changer promptement de maître, si je n'avais trouvé mes bienfaiteurs, et je serais devenu indigent; quel malheur pour moi quand j'aurais été tombé dans cette malheureuse position, ma pauvre conduite m'aurait entraîné dans la misère à perpétuité.

Que ce fut un heureux moment pour moi, que Dieu est venu répandre ses bénédictions sur ma personne, et m'a fait connaître les honnêtes gens qui sont venus me tirer de l'obscurité qui m'aurait enseveli pour mes derniers jours; c'est donc un bonheur de fréquenter les braves gens, on est toujours placé tranquillement, bien renseigné, bien conseillé de suivre son droit chemin et de se contenter de ce qui vous appartient, c'est toujours la recommandation de sa bonne compagnie.

C'est par notre conduite que nous nous signalons, pour rendre notre vie exemplaire, qui m'a placé dans la position que j'occupe aujourd'hui; actuellement je suivrai les avis qui m'ont été donnés,

je ferai attention de ne pas les perdre de vue, car je me rappelle
encore le temps passé, j'ai été replacé dans une position honorable et veux la conserver :

Le matin je me lève de bonne heure pour aller à ma besogne,
avec mes domestiques, qui ont aussi profité de la leçon qui n'a
été donnée ; j'ai conservé mes anciens serviteurs et voulu voir si
c'était possible de leur faire comprendre l'avenir, pour leur faire
embrasser l'amour du travail ; parce que ce n'est pas un avantage
de changer si souvent.

Maintenant je suis à l'aise, et satisfait d'avoir conservé mes domestiques parce qu'ils font leur devoir, ce qui me fait passer une
vie paisible et tranquille et je suis heureux.

Madame a prononcé le discours suivant :

C'est avec une grande satisfaction, que je vais faire des louanges
et rendre les honneurs à qui de droit, cela me démontrant une
bonne disposition.

Faites toujours le bien parce qu'il n'est jamais perdu, soit de
de celui qui le reçoit, soit du public, soit de Dieu, il en est toujours tenu compte tôt ou tard.

Vous le voyez vous-même, Monsieur, parce que vous estimez
vos bienfaiteurs, ceci a donné lieu aux habitants de votre pays de
vous appeler le Nouveau-Né, parce que vous avez régénéré, tout
renouvelé chez vous, ce qui vous a mis au monde et placé au mi
lieu d'un peuple auquel vous servez d'exemple, chez vous la lumière remplace l'obscurité, toutes les bonnes qualités sont en votre
possession.

Vous êtes avec vos domestiques que vous commandez avec patience et douceur, aussi vous sont-ils soumis, voyez la différence
d'autrefois, il vous était impossible d'aller voir vos serviteurs,
pour vous assurer si leurs travaux étaient bien conditionnés, il
vous fallait laisser écouler une huitaine ou une quinzaine, quelquefois un mois, cela dépendait de vos occupations mal fondées de ce
temps-là ; vous n'étiez pas plus tôt avec eux qu'au lieu de leur
commander leur ouvrage et leur faire voir comment il fallait s'y
prendre pour l'exécuter, vous vous mettiez à jurer de manière à
faire tout trembler, sans savoir pourquoi ; les domestiques se di-
saient entre eux que faut-il que nous fassions, devons-nous travailler ou partir, malgré tout cependant, ils se mettaient à leurs travaux, mais déconcertés.

De retour à la maison avec eux, il vous fallait les inviter à chanter, à danser, la soirée n'étant pas assez longue, la nuit se passait
et on allait se coucher quand il aurait fallu se lever; dans ce temps
là votre habitude était de dire : mauvaise terre ; mais aujourd'hui
ce n'est plus cela, ce langage a disparu pour faire place à l'exactitude qui a triomphé et reste victorieuse.

Père Jérôme, nous avons encore une grande tâche à remplir, et
pour arriver à l'accomplissement ce sera pénible ; il s'agit de quel-

ques pays vignobles qui se plaignent et blasphèment la bonne mère nourricière, et sans savoir s'ils ont raison de le faire, il arrive fort souvent que c'est l'ingratitude qui fait prononcer des paroles scandaleuses, et c'est une grande faute; principalement quand on n'en connaît pas la cause; mais dans notre question, la cause du scandale n'existe pas, voici purement et simplement l'explication de l'affaire dont s'agit.

L'ingrat veut avoir quelque chose de rien, il est content qu'on lui donne, mais ne veut rien donner, ce dont on peut s'assurer par soi-même; l'homme silencieux devient le plus heureux et le plus respectable, et le médisant, le plus malheureux et le plus méprisable.

Fort souvent il arrive que la médisance devient la jalousie; la révélation des fautes d'autrui, faite par imprudence et méchanceté, dans le but de faire connaître les malheurs de son prochain; celui qui parle des défauts des autres parle des siens, celui qui cherche à nuire, se nuit lui-même; l'homme paisible devient respectable, exempt de tout reproche, en se renfermant dans le cercle de la bienfaisance.

Celui qui veut être bon chrétien ne doit pas être avare, l'avarice est méprisable, l'homme social et loyal est respecté, comme celui qui honore la société doit être honoré, mais cela ne suffit pas, il ne s'agit pas de trouver selon soi, mais d'être récompensé suivant ces mérites; quelquefois le bienfait, quand il peut s'introduire chez le médisant, l'empêche de mal faire.

C'est pourquoi nous cherchons à éviter pour faire le bien autant que possible, parce qu'il y a mille suppositions à faire sur le caractère des hommes; en général l'honnête doit être plus hardi et avoir plus de courage pour aborder une personne probe, l'étant lui-même, il ne redoute pas de reproches; c'est donc plus avantageux.

Celui qui demandera on lui donnera, celui qui frappera à la porte on lui ouvrira, mais il doit agir avec prudence et respect, et rendre toujours l'honneur à qui droit.

Comme celui qui est en position d'avoir des domestiques, il faut qu'il soit le premier à montrer le bon exemple pour faire de bons serviteurs; pour être bon propriétaire il faut avoir soin de ses propriétés, bien les cultiver afin de faire de bonnes récoltes, on leur donne une bonne couche de fumier, ceci tient lieu et place d'un profond labour; et alors on ne dit pas, comme dans beaucoup d'endroits : mauvaise terre, elle ne rapporte rien

Ce défaut de prévoyance est causé par l'insouciance, la négligence qui dominent chez quelques propriétaires; le négligent et l'insouciant sont deux frères qui s'accordent très-bien, et vont parfaitement ensemble, ne se contrarient jamais, qui voudraient qu'on leur donne et rien donner; il en est de même de l'avare qui voudrait avoir tout.

Maintenant, dit Monsieur le Nouveau-Né, que je suis monté à un haut degré, sans déplacement ni dépense, n'ayant qu'à recevoir tous les bienfaits du monde, je fais des terres de première qualité, je les ai rendues d'une fertilité supérieure, sans faire de dépenses, je n'ai point employé ces nouveaux engrais, qui ne sont pas bons à toutes les terres ; en outre, pour acheter, il faut de l'argent.

Faire un achat aujourd'hui, un autre demain, ces acquisitions deviennent un fardeau pour celui qui n'est pas riche.

Mes bienfaiteurs, je vous suis très-reconnaissant et vous souhaite sincèrement le bonjour.

Madame répond : Nous vous recommandons de suivre les avis qui vous ont été donnés, de conserver les trésors que vous possédez actuellement, en vous disant adieu.

CHAPITRE VI.

Madame et le père Jérôme se disposent pour aller inspecter quelques pays vignobles où les habitants ont laissé échapper de leurs bouches des paroles injurieuses contre la bonne mère qui nous a fait part de ses afflictions, nous avons pris fait et cause pour elle.

Nous voici donc partis, nous arrivons dans un lieu obscur en parlant de ce pays, nous étions en observation quand nous avons aperçu un petit hameau que l'obscurité entourait, et nous y avons fait séjour pour demander son nom.

Près de nous, il y avait une bergère qui gardait son troupeau dans un grand morceau de terre rempli de ronces, d'épines, enfin de toutes espèces de mauvaises herbes.

Nous lui avons demandé le nom de ce hameau, elle a répondu qu'il s'appelait la Naissance de la Misère, ainsi connu dans le pays.

En ce moment nous avons aperçu une grande société qui était réunie près de cet endroit et très occupée, on parlait des affaires de l'intérieur, de l'étranger, du commerce et de la culture.

L'on nous dit : cette société est composée de gens très-remarquables et distingués ; voici les noms qui nous ont été déclarés :

1º Le père La Misère et ses enfants, se trouvant établis en plusieurs endroits, et qui sont venus voir leur père,

2º Le père Insouciant, — 3º Le père Négligent, — 4º Le père Sans-Souci, — 5º Le père Sans-Chagrin, cousin du Nouveau-Né, — 6º Le père Propre à rien de bon, — 7º Le père Vaurien, — 8º Le père Exempt, guéri de bien faire, — 9º Le père Fainéant, — 10º Le père Malveillant, — 11º Le père Malfaisant, — 12º Le père Ingrat de bien faire, — 13º Le père Médisant, — 14º Le père Lambineau, — 15º Le père Malfranc, — 16º Le père Friponneau, — 17º Le père Rapineur, — 18º Le père Supérieur, qui trouve avant d'avoir perdu.

Tous ces gens sont très-bien ensemble, en qualité de parents et d'amis, d'habitants du hameau de la Naissance de la Misère et faisant partie de la société susdite, si bien composée.

Chacun parlait, raisonnait suivant sa manière de voir, lorsqu'on vient nous dire que le père Ingrat de bien faire poursuivait l'entretien sur la culture; le petit Mirmidon arrive avec son grand père Grognard, qui se met en colère contre la société de l'avoir pas prévenu pour se trouver au commencement de la séance, en est très-mal satisfait. Par suite Madame la Médisance qui est toujours occupée d'un côté et de l'autre, a plaidé plusieurs causes.

Le père Grognard ne perd pas de temps, en arrivant dans l'assemblée, prend la parole, en disant à ses chers collègues, j'ai un champ qui est éloigné de chez moi, il ne vaut rien pour le blé, je n'y fais aucune bonne récolte, il ne vaut pas la peine d'être ensemencé, je veux en faire une vigne, elle vient dans un terrain maigre.

Voici le père Grognard qui se met à barrer son champ pour en faire une vigne, il cultive très-bien pour l'ennemi, mais non pour la conservation des plantes, il donne une façon de labour quand il en faut trois, c'est pourquoi la pauvre plante est toujours entourée d'ennemis qui lui font la guerre et qui l'épuisent, qui cherchent constamment à lui ôter la vie.

Si elle peut échapper à ses ennemis et venir à l'âge de dix à douze ans où elle devrait être en plein rapport, mais comme elle n'est pas avantagée, voici qu'un beau jour, arrive le père Grognard, la paresse et le grand Murmurateur, va voir sa vigne les bras croisés comme à l'ordinaire, il se promène en jurant, disant: cette vigne à l'âge où elle est ne vaut rien; le père Insouciant, qui le voit se promener, vient aussi la voir, le compère Négligent aussi, ainsi de suite, l'assemblée se complète ainsi, pour examiner la pauvre vigne; ce dernier dit : frère, ta vigne ne vaut absolument rien, et chacun dit sa raison.

On demande l'âge de la vigne, la voici qui arrive à douze ans, elle est bien faible pour son âge, elle n'a pas plus de bois qu'une jeune plante, un autre dit : on la jugerait plutôt à quatre ans qu'à douze, tu ne récolteras pas pour payer les façons, un autre dit : ce n'est pas surprenant, la terre ne vaut rien et ne vaut pas la peine d'être cultivée, l'honorable maître dit encore, je le répète, je n'ai jamais rien récolté dans ce maudit terrain, il y a tout à croire qu'il est bien mauvais.

Depuis douze ans que j'ai bien barré cette vigne, elle devrait faire vivre son maître, c'est tout le contraire, elle ne rapporte rien, voyez la différence ; moi qui comptait sur mes récoltes pour payer mes dettes, je suis moins avancé que le premier jour, et me trouve dans la misère.

Comment faire pour m'en tirer, si je ne trouve pas quelques bonnes bourses pour me donner la main, ou quelques bons conseils pour agir différemment, ou je vais être sans pain.

Quel malheur ! voici que je dois plus que je n'ai vaillant ; aujourd'hui je ne dirai pas pour mes folles dépenses, en quelque sorte, mais mon cher Négligent qui causa mon malheur.

Je dois me reprocher les fausses manœuvres que j'ai faites, pour avoir commencé de l'ouvrage en quantité, un travail d'un côté, un travail de l'autre, jamais aucun de secondé, je les ai tous négligé par ma faute ; les grandes persécutions que j'éprouve me font ressentir de violentes douleurs qui me rappellent les beaux passages de ma vie; si j'avais été exact, je serais devenu riche.

Au contraire, par le moyen de ma négligence, je suis parvenu à tout manger et je n'ai plus rien ; je reconnais plusieurs fautes que j'ai commises dans ma vie. Je regrette d'avoir été insouciant, d'avoir laissé échapper à plusieurs fois différentes de belles positions qui sont éloignées de moi maintenant.

Ah ! quel malheur, dit un homme étranger, qui, par hasard se trouvait à passer là au moment de ses lamentations, et qui s'était arrêté pour écouter ce qui se disait, et prenant la parole en disant : c'est bien comme dit un vieux proverbe, il n'y a pas de plus embarrassé que celui qui tient la queue de la poêle, personne que lui ne peut comprendre sa position, et ce qui le gêne et le persécute.

L'homme qui succombe et qui se trouve dans une position honteuse par sa faute, pour avoir été négligent, insouciant et fainéant, sa position lui rappelle sa vie passée et l'afflige.

C'est comme celui qui est sur le point de mourir, cela lui rappelle le temps de sa vie passée. Malheur à celui qui fait le mal; heureux celui qui a fait le bien, il termine sa carrière tranquillement et fait une bonne mort.

Avant de mourir il reçoit la récompense de ses bienfaits, il meurt donc tranquille devant Dieu et ceux qui l'environnent.

Le père Grognard la Paresse cherche quelqu'un pour lui rendre service et ne sait à quoi s'en tenir, ni quel chemin prendre ; l'étranger qui était là en observation, lui adressa les paroles suivantes :

D'après les discours que je viens d'entendre prononcer et qui sont capables d'alarmer un bon chrétien, quant à moi je ne pense m'en défendre, c'est pourquoi je vous parle ainsi, vous voyant dans le besoin, il vous faut des renseignements et autre chose.

Adressez-vous donc donc au père Jérôme qui est accompagné de cette dame dont on parle tant, on l'appelle Madame la Bienfaisance, nom qui a été prononcé en ma présence, c'est pourquoi je vous dis de vous adresser à ces personnes pour obtenir les services qui vous sont nécessaires.

Le père Grognard s'adresse au père Jérôme, et ces deux hommes entrent en conversation, Monsieur, lui dit-il, je vous demande de vouloir bien m'accorder la satisfaction de m'écouter, ayant beaucoup de choses à vous communiquer.

Je me trouve dans une triste position qui m'afflige beaucoup, je viens vous demander si vous voudriez me rendre le service de m'en tirer, je me soumets à l'avance à la votre décision à ce sujet.

Je vois bien en vous quelque chose de bon qui se prépare, et une bonne disposition, mais malheureusement vous avez été négligé dans votre jeunesse, abandonné à toutes vos volontés, et vous avez pris la pente la plus douce à vos yeux.

Vous avez fréquenté les mauvaises sociétés, et le plus grand malheur, c'est que vous êtes devenu médisant, et vous a conduit dans le chemin du malheur; maintenant rassurez-vous, puisque vous reconnaissez vos fautes, Dieu vous aidera à devenir bon chrétien et laborieux.

Le père Grognard la Paresse dit : comment donc faire pour avoir ces bonnes qualités, moi qui y suis étranger, je crains que cela me soit impossible. Pas la moindre des choses, si vous avez bonne intention de parvenir à l'amour du travail, cela suffira pour vous ramener dans la bonne voie.

Nous allons commencer par vous parler de votre vigne, contre laquelle vous avez tant parlé et médit, et l'avez mal cultivé. C'est une grande faute que vous reconnaîtrez plus tard; pour vous faire comprendre cela, il suffira de dire qu'un peu d'exactitude et de travail à plusieurs fois différentes auraient amélioré votre vigne, et vous n'eussiez pas fait tant de scandales.

Pour arriver à ce but, vous n'avez qu'à regarder dans votre cour et autour de votre localité, vous y verrez beaucoup de terreau à racler, quelques débris de fumier et de dépôts des eaux pluviales, qui forment de la boue, qui vous empêchent de marcher à pieds secs et vous gênent dans votre cour pour aller et venir; ce sera une facilité et une propreté pour votre famille, pour y passer journellement, c'est de bien ramasser le tout et le mettre dans un tas; pour lui donner un bon préparatif, il faut bien le brasser et au bout d'un certain temps recommencer encore, pour lui faire de l'amélioration, il s'assaisonne par lui-même en le brassant ; et tout aussitôt que votre vigne sera dépouillée de sa petite récolte, vous commencerez de suite tous les deux sillons, à faire une (réganne) ou rigole pour recevoir votre terreau, l'engrais que vous aurez préparé pour votre règne, vous le portez dans vos rigoles et vous l'étendez de suite et le couvrez de terre le plus tôt possible, de peur que le soleil ne le sèche, et lui fasse subir une altération qui lui enlèverait les meilleurs de ses qualités; pour votre vigne, vous ne devez pas faire comme à votre ordinaire, après l'avoir fumée, il faut qu'elle soit bien cultivée, ne pas la négliger, toujours lui donner de trois à quatre façons de labourage exactement, pour faire quelque chose de bien.

Si vous fumez et que vous négligiez de cultiver, votre vigne sera bientôt morte, parce que, fumer sans cultiver, c'est la tuer.

Faites-le, vous verrez la différence ; si vous voulez renouveler, il faut cultiver, si vous voulez être satisfait, façonnez, cultivez, plus vous ferez plus vous trouverez.

Si vous êtes vigneron, vous devez savoir que le fruit de la vigne bien cultivée donnera le double de liquide de celui de la vigne négligée, mal cultivée, et aura qualité supérieure, vu qu'il reçoit sa maturité. La Providence lui fait recevoir les bienfaits de son cultivateur; comme vous dites qu'elle n'a plus de force ni vertu, vous reconnaîtrez bientôt qu'elle en prendra si vous faites votre devoir.

Celui qui fume la vigne suit la meilleure méthode, parce qu'en retournant de suite la terre par-dessus, l'engrais n'a pas le temps de perdre sa force, comme de l'étendre sur toute la surface, il est mieux renfermé en terre, il a plus de vertu, l'effet en est plus fort, se prolonge même plus longtemps.

Habitants de ce pays, cessez donc vos murmures, et remplacez-les par de bonnes façons de labour et de bonnes couches de fumier, vous connaîtrez la différence et vous serez satisfaits.

Messieurs les vignerons, il y en a qui ont eu des vignes qui ont existé depuis bien des années, comment se fait-il que vous ne sachiez rien de celles qui sont beaucoup d'âge et qui l'ont négligées, vous les arrachez aujourd'hui pour les replanter demain dans se même terrain, est-il possible de croire que cette terre est bien préparée, reposée, fertilisée, a-t-elle reçu une préparation qui puisse l'améliorer pour recevoir une jeune plante de l'espèce de celle qui lui a été enlevée.

Ah! pauvre terre empoisonnée, fatiguée, épuisée de toutes les manières, herbes ennemies de la vigne, qui de toute votre connaissance l'ont toujours maltraité par la faute de son propriétaire.

Maintenant vous dites que votre vigne ne vaut rien, ne vous fait que de la dépense, que vous serez obligé de l'arracher avant d'avoir récolté; cela ne doit pas vous surprendre d'après votre manière de cultiver.

Le père Jérôme, ancien cultivateur en Poitou et en Saintonge, a cultivé le froment et a détruit les ennemis de ce dernier; il a également comme ancien vigneron cultivé pendant plusieurs années la vigne; quand il voulait planter la vigne, il cherchait autant que possible la terre qui n'avait pas encore eu de cette plante, ou agissait différemment.

Lorsque le père Jérôme voulait détruire une vigne, il choisissait le moment où elle était dépouillée de sa récolte, et la faisait arracher, et puis labourait à la charrue, à petites orillées, et la pioche suivait par derrière, pour couper les racines qui auraient été laissées, et piocher les fautes du versoir, pour ne pas laisser de terre à remuer, il la mettait ainsi en bon état pour la quitter reposer en guéret; quelquefois, il la cultivait pour ensemencer à la fin d'octobre suivant, et faisait deux récoltes de blé, avant de planter en vigne

Bien souvent, il cultivait au mois de mars de la seconde année, c'est-à-dire donnait quelques façons de temps en temps en attendant le même mois dans un an, et il en était satisfait.

Mais le plus avantageux est de préparer la terre pour l'ensemencer en baillarge et en sainfoin en même temps, et toujours en mars, au plus tard. Comme il faut ensemencer à l'arrivée du printemps, les grands jours arrivent et la chaleur ne tarde pas, on peut toujours s'attendre au temps de saison, si ce n'est pas aujourd'hui, c'est demain.

C'est pourquoi, dit le père Jérôme, pour bien faire il faut avoir de l'engrais bien préparé, entremêlé de bonne terre de raclures de cour, autour des maisons ramasser tous ces terreaux et les brasser avec le fumier, le tout fait d'avance, longtemps avant de l'employer, pour qu'il ait celui de s'améliorer, et vous transportez votre engrais, que vous placez convenablement, puis vous semez votre baillarge et votre sainfoin, et vous faites une bonne récolte en baillarge, et laisser votre terrain en pré, et lorsque vous ne récoltez plus, vous faites pacager et labourer pour vous préparer à ensemencer au mois d'octobre suivant, ou en mars, pour planter la vigne.

Cela dépend de vos intentions et de votre manière de voir; si vous cultivez pour ensemencer au mois d'octobre, vous faites deux blés avant de planter, vous avez à choisir, soit de prendre le chemin le plus court ou le plus long. C'est pour le présent ou l'avenir et pour chercher à faire le plus de récoltes possible.

Le père Jérôme a fait les trois manières de préparatifs comme il est dit ci-dessus, après avoir arraché la vigne, il examinait la terre, si elle se trouvait trop maigre, il donnait de bonnes façons de labour et y mêlait du terreau et du fumier, il agissait ainsi pendant quelque temps pour améliorer la terre avant d'ensemencer.

Une autre fois, il labourait et préparait bien, mettait du sainfoin ou barrait au mois de mars suivant, ou semait du froment; de manière qu'il faisait toujours deux récoltes avant de planter la vigne.

Quand on a mis une terre en sainfoin on ne le détruit pas, on laboure que quand il est mort, la suite est beaucoup meilleure, que de le faire avant; le temps étant arrivé de lever votre pré, vous le préparer pour le blé ou vous barrez.

Mais, soit l'un ou l'autre, il faut toujours cultiver et bien préparer, il y a tout à croire que le plus grand préparatif est le plus lucratif.

Avant de commencer à tailler la vigne, il faut choisir les plants et les prendre dans les vieilles vignes, en petites broches saines et nouées courtes, faire attention à la qualité du bois; vous devez savoir, vignerons, que nous avons du noir et du blanc qui craint beaucoup la coulure, et que la formance du raisin vient à rien.

Lorsque vous triez les plants vous devez choisir du blan pour mettre parmi le noir, en attendant le jour de planter vôtre vigne, il faut mettre les plants en terre et non dans l'eau.

Quand vous plantez vos broches, vous devez les entremêler, quelquefois un quart, un tiers ou la moitié en blanc, cela dépend de la nature et de la position de la terre; dans les terres sèches et maigres, plus de noir, moins de blanc; dans les terres argileuses, plus de blanc, moins de noir, principalement quand la position le permet, qu'elles sont placées au grand air et bien orientées, un cinquième de noir est suffisant.

Quand vous donnez la dernière façon, vous devez tracer vos sillons à une largeur de quatre-vingt-cinq ou quatre-vingt-huit centimètres, à quelque chose près, il faut aussi planter à une distance d'un mètre trente à trente-cinq centimètres, c'est une bonne distance.

Dans le temps que le père Jérôme plantait des vignes, il leur donnait trois ou quatre façons de labourage, surtout dans les premières années, pour les garantir des mauvaises herbes; par suite de ces précautions, la terre se touvait dans un état fertile.

D'après un bon préparatif qui met la terre en bon état, elle produit admirablement, avec un bon entretien, est facile à cultiver.

Aussi faisait-il de bonnes terres et de bonnes vignes, il avait des plantes admirables et d'une beauté parfaite, et étaient à l'âge de deux ans assez fortes pour être ravalées, et disait qu'il valait mieux les couper jeunes que vieilles, qu'elles n'étaient pas si dangeureuses à faire les sourdes, et sortaient de terre plus facilement, et de les couper plus près de la terre, parce que les petites tiges, les brins de sarment qui sortiront de la terre seront meilleurs que ceux d'un nœud plus élevé, celui-ci fera un cep de vigne mal solide, qui formera une tête d'osier (comme on le dit en terme de vigneron), et l'autre sera fortement consolidé et plus facile à conditionner et se garantira par lui-même des grands vents du mois de juin, qui sont les plus dangeureux pour la vigne, principalement pour les jeunes plantes.

Il n'en sera pas de même de celles qui auraient été coupées trop haut par-dessus la terre, le nœud qui s'y trouve poussera des tiges plus grosses, des brins de sarments gros et longs et mal solides, parce qu'ils ne seront pas bien appuyés ni buttés, et les grands vents viendront les surprendre, les détacher de leurs petits pieds et quelquefois leur faire assez de mal pour occasionner la mort.

J'en ai vu un grand nombre périr de cette manière, même des fiefs entiers qu'il a fallu arracher, par la faute des cultivateurs, qui ont voulu suivre de mauvais procédés ou mal renseignés.

Le père Jérôme a été vigneron pendant quarante années, et a vu cultiver la vigne et le blé l'espace de cinquante ans, a toujours persisté dans sa résolution et dans son opinion pour pouvoir s'en rendre compte lui-même et savoir à quoi s'en tenir.

Après avoir déblayé et remblayé pour niveler les terres qui

étaient abandonnées, perdues par les eaux qui les rendaient impropres à la culture, sans pouvoir faire de récoltes, il a quitté reposer la terre et lui a donné un profond labour et une bonne couche de fumier pour la rendre fertile et en position de recevoir n'importe quelle plante et semence.

Par suite de ce qui vient d'être expliqué, il a reconnu cette manière de cultiver pour la meilleure, pour faire des vignes de longue durée et satisfaire leurs maîtres.

Recommandation est faite à tout homme qui veut être bon cultivateur, de suivre les avis donnés par le père Jérôme, de les graver dans sa mémoire, afin de conserver sa propriété.

Tout ce qui a été dit ci-dessus est pour faire voir la différence qui existe entre une propriété mal cultivée et celle qui l'est bien ; cette dernière ne demande plus à son maître que son entretien, pour lui donner de bonnes récoltes et l'agrément d'être toujours bien disposée.

Les travaux de la culture bien conditionnés sont constamment payés, si ce n'est pas aujourd'hui ce sera demain, celui qui cultive la terre en est récompensé, cette dernière le satisfait toujours.

La terre est comme un malade qui a des douleurs et auquel il faut certains remèdes pour les faire disparaître, à défaut de ceci est obligé de les supporter, il en est de même de la terre, à défaut d'être cultivée convenablement ne produit rien.

Le père Jérôme a cru se rendre utile à son prochain en décrivant sa vie, ses manières de faire pour cultiver la vigne et le blé.

CHAPITRE VII.

Un jour le père Jérôme était encore dans l'inquiétude de quelque chose, il consolait la bonne mère, pour lui demander des renseignements sur plusieurs contrées et les concernant; cette bonne mère lui dit: que tous les corps et même le vôtre ont des endroits plus faibles, plus maigres les uns que les autres, il en est de même de moi, j'ai quelques parties de mon corps qui demandent à être engraissées et fortifiées ; mais voici le malheur, parmi les habitants de ces contrées, il y a des hommes qui se laissent influencer par la médisance et l'insouciance, qui sont deux dames exactes dans leurs fonctions, vu qu'elles ne veulent pas accorder la permission à ces hommes d'aller consulter la bienfaisance, pour faire un travail utile et nécessaire, afin d'améliorer, engraisser les contrées maigres, qui deviendraient fertiles, si elles étaient bien cultivées.

Moi, je vous ferai une comparaison sur beaucoup de choses, et, plus que tout autre, sous le rapport qu'il faut que je sois d'un caractère bien fait pour ne pas me fâcher ni me mettre en colère; et sans faire de reproches, je donne et produis tous les biens du monde, et j'en reçois le bien et le mal, le bon et le mauvais.

Un grand nombre de personnes devraient prendre exemple sur

moi, pour perfectionner leurs caractères, car je reçois toutes sortes d'injures et je n'ai jamais de rancunes, je sais que je suis oubliée, méprisée et négligée, malgré cela je réponds avec agrément aux questions qui me sont adressées et toujours faisant les offres à tout bon cultivateur qui me fera pour cent francs de bien de lui en rendre pour mille francs, à condition que mes ennemis ne viendront pas me faire la guerre, ni aux plantes qui me seront confiées, et que le temps voudra bien me permettre de disposer de mes volontés.

CHAPITRE VIII.

Le père Jérôme dès son enfance consultait la Bienveillance sa protectrice, il lui demandait ce que c'était qu'un homme probe et honnête, comment il fallait faire pour mener vie exempte de reproches, elle lui dit : mon enfant, il faut bien vous conduire et perfectionner vos lumières à mesure que l'âge vous vient.

Je suis né dans une pauvre maison, et mon père n'a aucun moyen de fortune pour me faire donner l'instruction voulue à ce sujet.

Eh bien ! mon enfant il ne faut pas se décourager, il faut vivre sous la crainte de l'Être suprême qui vous donnera toutes ces connaissances, l'amour du travail et l'exactitude qui ne vous abandonneront jamais en vous comportant bien, et vous prendrez connaissance de la vie des honnêtes personnes que vous fréquenterez, ainsi que les hommes dignes de foi, honorables et respectables, que vous prendrez pour exemple afin de rendre votre vie exemplaire, régulière, probe et honnête.

CHAPITRE IX.

Le jeune homme a remercié sa protectrice qui a été très-satisfaite de voir l'effet de ses bienfaits, il était encore dans l'enfance qu'il cherchait la compagnie des vieillards les plus âgés, il aimait beaucoup la vieillesse et la respectait; tout aussitôt qu'il avait un moment de disponible, c'était son plaisir d'aller à la rencontre de quelques-uns de ces gens âgés, pour avoir un entretien avec eux, pour les interroger sur le temps passé de leur jeunesse, comment on cultivait ou traitait-on la terre pour lui donner les semences convenables et beaucoup autres choses; il faisait tout ce qui lui était possible pour leur être agréable.

Il avait la complaisance de s'informer de leur santé; lorsqu'il s'apercevait qu'un vieillard avait l'air triste, il lui demandait quelle en était la cause, ce qui pouvait l'affliger, soit la rigueur de ses enfants, ou le moyen de nourriture.

Le vieillard racontait sa raison, faisait un détail de ce qui le chagrinait, et au premier moment le père Jérôme allait à la recherche des enfants, pour les prier de donner les soins nécessaires à leur père.

Il ne vous demande pas l'impossible, mais seulement de pourvoir à l'existence de sa vie, pour le dispenser de communiquer au public sa triste position, ce qui serait un déshonneur pour vous.

Hélas ! mes chers enfants, leur disait le père Jérôme, concevez le sort et la manière de vivre de la pauvre vieillesse qui est toujours dans les souffrances, appréciez donc sa position, un mal de tête aujourd'hui, demain une douleur dans un bras, après-demain, dans une jambe.

L'avenir inquiète et persécute une partie des vieillards et se présente à eux à l'avance, ils se croient toujours sur le dos de leurs enfants, et prétendent être un fardeau pour leurs parents.

www.ingramcontent.com/pod-product-compliance
Lightning Source LLC
Chambersburg PA
CBHW061614180626
46818CB00005B/2069